AF586884

TOVCHE CHIRVRGICALE.

MD. C. XVIII.

AV LECTEVR.

AMY, lisant ceste Satyre,
Verras comme vn Medecin;
Se Caresme prenant faict rire,
Tant il est falot & badin.

C.

A Me.
IEAN RIOLAN
DOCTEVR DICHOTOMISTE.

VSQVES à quand,
Ame peruerſe,
Donneras-tu de la
trauerſe
A ceux là qui aimẽt
la paix;
Et qui n'ont iamais craint leurs peines,
D'enſeigner les voyes certaines,
Pour ſçauoir de leur art les loix.

Quand verray-je ta folle teste
Exempte de la grand' tempeste,
Qui luy donne l'ambition?
A fin que nous voyons le reste
Des escrits qu'Habicot t'apreste,
Qui font en-yurer ta raison.

Ichare voulant d'vne audace
Affronter de Phœbus la face;
Temeraire fut reputé:
De mesme voulant faire approche
Des Soleils ausquels fais reproche
De l'honneur seras rebuté.

Croy, medecin à la douzaine,
Tu ne deuois prendre la peine
De mettre au iour tes sots escrits:
A l'encontre d'vn personnage
Auquel ne dois rien d'auentage,
Qu'à ceux qui au monde t'ont mis.

Celà donne bien à cognoiſtre,
Qu'au peuple veux faire paroiſtre
Que ton cerueau eſt fort blecé,
De blaſonner ceux que ton pere
Pria jadis d'eſtre proſpere
Au chemin qu'il t'auoit tracé.

Euidamment l'on void la cauſe,
Qui t'a conduict en telle choſe;
Eſtre la ſeule ambition:
Croyant auoir eu la victoire
Sur vn qui emporte la gloire,
Te paſſer en diſsection.

Mais qui eſt cil que tu ne marque,
Ou vif, ou mort dedans la barque,
Soit de parolle ou d'eſcrit:
Où eſt celuy que tu exempte
Des mords de ta plume inſolente,
Conduitte d'vn malin eſprit.

Hippocrates n'eſtoit des Sages,
Galien n'entend pas ſes paſſages,
Vezal eſtoit vn peu retif:
Columbe faict faute infinie
Du Laurans à quelque Manie,
Habicot n'eſt qu'vn preſumptif.

Ainſi bleſſant ta grand' memoire
Des vieux, tu veux hauſſer ta gloire
Par quelques mots mis à l'enuers;
Sans excuſer que les ſciences,
Ont leurs motifs & leurs licences,
Tant ton eſprit eſt de trauers.

Il t'eſt aduis que le Pegaze
Prend ſon cryſtal de toy gros aze,
Phœbus, dis-tu, range ſon luth
Au ton qui ſort de ta voix roque,
Et la mouche du Grec inuoque
Ta bouche à chanter tel ſalut.

Tu croy auoir la cognoissance,
L'vsage, & grand' experience
De l'art dont fais profession:
Mais eslongné es de ton conte;
Et tu deurois mourir de honte,
Songer à telle passion.

Depuis le temps que tu enseigne
Dedans Cambray sous faux enseigne,
Quarante traictez sont au vent:
Sans auoir terminé l'ouurage
De chacun, ou peu dauentage,
Que de trois leçons seulement.

Mais estant plain de vitupere,
Qui te pourroit estre prospere,
Dy-moy, paternel deserteur?
Ton pere hayoit les Alchymistes,
Et au lieu d'ensuiure ses pistes,
Tu t'es rendu leur protecteur.

Plus ceux qui ont blecé ta ſouche,
Pouuant te bailler vne Touche
Sur ce que tu es ignorant:
Tu t'es mis, comme mal habille,
Entre leurs mains pour ſeur azille,
Afin qu'ils te tiennent ſçauant.

C'eſt pourquoy ton eſprit friuole,
Apres l'examen de l'eſcole
Fus degradé de tous honneurs:
Te deniant ſon priuilege,
Pour n'auoir ſceu donner de plege,
Autre que tes legiers humeurs.

Tous tes parans dés l'heure dirent,
Que iamais en leurs corps ne veirent
Vn medecin plus effronté:
Cela ce lit dans les Regiſtres
Preſcrit és Cayers & Epiſtres,
Que conſerue la faculté.

Te ſouuient il qu'vn iour en ville,
Toy practiquant tres-mal babille,
Pris le petit pour ſon ayeul:
En appliquant ſur l'Aneuriſme
Des remedes, dont en l'abyſme
Le patient fut au cercueil.

Tu ſçay auoir faict la pilulle,
Qui penetrant à la medulle
De la nonin, pour repoſer:
En ſon endroict a faict merueille,
Que iuſqu'icy elle ſommeille,
Et ne peut au iour s'expoſer.

Vn agitté d'humeur fie-vreuſe,
Duquel la fin n'eſtoit douteuſe;
En aphonie l'as faict tomber:
Par tes remedes de fin ſucchre,
L'as mis dedans le noir ſepulchre,
D'où il ne peut ſe releuer.

Puis par vne metamorphose,
Impudemment asseurer oze,
Que des os humains vrayement;
Soyent ceux de ceste grosse beste,
Qui a tant de corne à la teste,
Que l'on appelle vn Elephant.

Or Medecin c'est la querelle,
Que beaucoup manquent de ceruelle,
D'où procede l'infirmité,
Qui conduit l'homme a l'insolence,
Et selon le subiect qu'il pense,
Le iuge pour la verité.

Tu croy estre de bien seance,
D'auoir en tout temps audiance
Au tour d'vn corps à dissecquer,
Sans aduiser que tu t'auille,
Et que tu te rend mal habille
A l'art auquel tu dois vacquer.

Vn autre acte de grand merite,
Pour denotter l'harmaphrodite;
De front & d'habit, ſeulement
Vn membre viril nous l'aſſeure,
Tu luy donnois l'autre nature,
Mettant le doigt au ſondement.

Bref, ce Rolan faict des miracles,
C'eſt le premier des ſaincts Oracles,
Qui chaſſe les maux du jourd'huy:
Il faict ouurir les Cieux pour l'ame,
Et au terrin la froide lame,
Pour deliurer le corps d'ennuy.

C'eſt encores vn faict eſtrange,
Il n'eſt contant de ſe dire Ange;
Il contre-faict le Createur:
Faiſant de ceſte terre baſſe,
Sortir des os de groſſe maſſe,
Et en ſon creux prendre vigueur.

L'on asseure la simpathie,
Auoir en soy trine partie,
(Que mon loisir veut esplucher:)
Peu s'en faut que tu ne conuienne,
Et que bien-tost tu ne paruienne
Au degré de sçauant boucher.

Premierement en la substance,
Tu as desia grand conuenance,
(Comme il se void des accidents:)
La voix, le parler, la posture
De ton corps, la vraye structure
Le tesmoignent certainement.

Outre pour le commun office,
Escorcher le veau & genisse;
C'est grandement simpatiser:
Pareillement passer les heures
Où les bouchers font leurs demeure,
C'est auec eux simboliser.

Des corps pendus toucher fressure,
Auoir les mains plaines d'ordure;
N'est pas descend au Medecin:
Car on sçait comme il faut qu'il touche
Le poux, & la langue en la bouche,
Celà n'est-il pas bien vilin?

Aussi cela est execrable,
Et à vn Medecin damnable,
De faire argent du corps humain:
En vendans des pendus la moüelle,
Les os, la chair, & la ceruelle,
Croy que cela est inhumain?

Mais quelle verue lunatique
Pousse ton esprit fantastique
A mettre se liuret au vent:
Veu que trois ans & dauentage,
Tu chante se mesme ramage,
Sinon l'Epistre seulement.

Celuy là à qui tu l'addresse
Est assez remply de sagesse
Pour iuger ton intention:
Qui est d'auilir la science
De c'il qui par experience,
Te passe en reputation.

Faut que tu croye le Roy de France,
Auoir receu par sa clemence
De bon Cœur le petit presant,
Qu'vn sien serf luy fit en bas aage,
Pour estre vn certain tesmoignage
Qu'vn iour vaiqueroit les Geans.

Aussi est-ce la vraye cause,
Pourquoy ton cerueau ne repose,
De n'auoir esté le premier,
A faire cét offrande honneste,
Qui te bourelle ainsi la teste,
Que t'a faict le vin de Cormier.

Ne te vente point dauentage,
Et n'vse plus de fol langage,
Voicy dequoy te contanter:
Car on sçait quelle est ta science,
Aussi la belle experience,
Qui te faict ainsi exalter.

Et pour te le faire paroistre,
Euidamment le fais cognoistre;
De n'auoir sçeu trouuer vn nom
A ce petit bastard de liure,
Qui de vent & d'orgueil t'en-yure,
Blasmant en tout lieu ton renom.

Bref tu pourrois faire Miracles,
Et nous rendre de vrais Oracles;
Qu'on ne te croira nullement:
Car ton iugement mal babille,
Auecques ton art infertille,
Monstre que tu es ignorant.

Donc ſuit le chemin de tes peres,
Et ne t'amuſe à des Chymeres,
Pour penſer eſtre le Phœnix:
Car tant que ſonnera la lire
Des Chirurgiens que tu deſchire,
Iamais n'emporteras le prix.

FIN.

IOANNES RIOLAN.

ANAGRAMMA.

En Laurus in Asino,
En Asinus in Lauro:
Sino Lauros inapes.

DVM Laurum medicæ decus cohortis.
Athletis tribuit decorus arcu.
Phœbus, dum capiti salubre munus,

Apponunt alij, ſimulque adorno
Hoc ramo caput oſtræatum e-
genſque
Veratri, & panaces carens ho-
nore,
Geſtanſque auriculas vtrinque, quales
Regi Migdonio dedere famam;
In me turba procax (amica veri
Iuris que heu nimium) ruit cietque
Voces veridicas, mihi ſed ægras:
EN LAVRVS; Medicæ decus cohortis
Quam Phœbus tribuit ſuis ſaluber
IN duro eſt ASINO, ô mihi moleſtas
Voces, quas iterat frequens caterua

Quare quam veridicas licet fateri
IN LAVRO EN ASINVS puta hac in arte
Quam ſacra celebras Apollo fronde,
Quæ Coo ſene digna ? pergameno
Aut heroë mihi , aut ſchola ? cruentis
Dum vecoras manibus ſeco cadauer
Stillat que hinc ſanies & inde talium?
Dum natos quoque pernego Gygantas
Naturæ que ſuas reuello vires?
Sic me à Laurigera procul cohorte
Clytellis voueo nec arte dignum

Cuius Lauri potens Deus repar-
tor

Nam LAVROS medicas SINO
esse inanes.

FINIS.

www.ingramcontent.com/pod-product-compliance
Lightning Source LLC
LaVergne TN
LVHW052034160826
845678LV00003B/1334